Félix Lope de Vega y Carpio

El arte nuevo de hacer comedias en este tiempo

Edición de Juana de José Prades

Barcelona 2024
Linkgua-ediciones.com

Créditos

Título original: El arte nuevo de hacer comedias en este tiempo.

© 2024, Red ediciones S.L.

e-mail: info@red-ediciones.com

Diseño de cubierta: Michel Mallard.

ISBN rústica ilustrada: 978-84-9953-134-2.
ISBN ebook: 978-84-9897-707-3

Cualquier forma de reproducción, distribución, comunicación pública o transformación de esta obra solo puede ser realizada con la autorización de sus titulares, salvo excepción prevista por la ley. Diríjase a CEDRO (Centro Español de Derechos Reprográficos, www.cedro.org) si necesita fotocopiar, escanear o hacer copias digitales de algún fragmento de esta obra.

Sumario

Créditos	4
Brevísima presentación	7
La vida	7
El ensayo	8
El arte nuevo	9
El arte nuevo de hacer comedias en este tiempo	11
Libros a la carta	25

Brevísima presentación

La vida

Félix Lope de Vega y Carpio (Madrid, 1562-Madrid, 1635). España.

Nació en una familia modesta, estudió con los jesuitas y no terminó la universidad en Alcalá de Henares, parece que por asuntos amorosos. Tras su ruptura con Elena Osorio (Filis en sus poemas), su gran amor de juventud, Lope escribió libelos contra la familia de ésta. Por ello fue procesado y desterrado en 1588, año en que se casó con Isabel de Urbina (Belisa).

Pasó los dos primeros años en Valencia, y luego en Alba de Tormes, al servicio del duque de Alba. En 1594, tras fallecer su esposa y su hija, fue perdonado y volvió a Madrid. Allí tuvo una relación amorosa con una actriz, Micaela Luján (Camila Lucinda) con la que tuvo mucha descendencia, hecho que no impidió su segundo matrimonio, con Juana Guardo, del que nacieron dos hijos.

Por entonces era uno de los autores más populares y aclamados de la Corte. En 1605 entró al servicio del duque de Sessa como secretario, aunque también actuó como intermediario amoroso de éste. La desgracia marcó sus últimos años: Marta de Nevares una de sus últimas amantes quedó ciega en 1625, perdió la razón y murió en 1632. También murió su hijo Lope Félix. La soledad, el sufrimiento, la enfermedad, o los problemas económicos no le impidieron escribir.

El ensayo
Este es un ensayo sobre cómo hacer teatro en el siglo XVII, época en que la comedia era la definición por excelencia del arte dramático (a diferencia de cómo es concebida en el presente). Este libro es útil para entender qué distingue al teatro clásico español del inglés o el francés. La exaltación, sea épica, moral o religiosa, parece ser la base del teatro barroco hispano. Ésta es la principal herramienta del autor teatral y es ella la que confiere intensidad a los personajes. El teatro parece entonces más cercano al mundo de la magia y muestra a través de los estados anímicos de los personajes sus más íntimos cimientos.

Lope de Vega describe un arte mundano, interesado en la vida de la gente común:

Ya tiene la comedia verdadera
su fin propuesto como todo género
de poema o poesis, y éste ha sido
imitar las acciones de los hombres,
y pintar de aquel siglo las costumbres:
También cualquiera imitación poética
se hace de tres cosas, que son, plática,
verso dulce, armonía y la música,
que en esto fue común con la tragedia,
solo diferenciándola en que trata
las acciones humildes y plebeyas,
y la tragedia las reales y altas.

El arte nuevo

El arte nuevo de hacer comedias en este tiempo

    Mándanme, ingenios nobles, flor de España,
que en esta junta y Academia insigne,
en breve tiempo excederéis no solo
a las de Italia, que envidiando a Grecia,
ilustró Cicerón del mismo nombre,   5
junto al Averno lago, sino Atenas,
adonde en su platónico Liceo,
se vio tan alta junta de filósofos,
que un arte de comedias os escriba
que al estilo del vulgo se reciba.   10
    Fácil parece este sujeto, y fácil
fuera para cualquiera de vosotros
que ha escrito menos de ellas, y más sabe
del arte de escribirlas y de todo,
que lo que a mí me daña en esta parte   15
es haberlas escrito sin el arte.
No porque yo ignorase los preceptos,
gracias a Dios, que ya tirón gramático
pasé los libros que trataban de esto
antes que hubiese visto al Sol diez veces   20
discurrir desde el Aries a los Peces.
Mas porque en fin, hallé que las comedias
estaban en España en aquel tiempo,
no como sus primeros inventores
pensaron que en el mundo se escribieran,   25
mas como las trataron muchos bárbaros
que enseñaron el vulgo a sus rudezas.
Y así introdujeron de tal modo
que quien con arte agora las escribe

muere sin fama y galardón, que puede 30
entre los que carecen de su lumbre
mas que razón y fuerza la costumbre.
   Verdad es que yo he escrito algunas veces
siguiendo el arte que conocen pocos,
mas luego que salir por otra parte 35
veo los monstruos de apariencias llenos
adonde acude el vulgo y las mujeres
que este triste ejercicio canonizan,
a aquel hábito bárbaro me vuelvo,
y cuando he de escribir una comedia, 40
encierro los preceptos con seis llaves,
saco a Terencio y Plauto de mi estudio
para que no me den voces, que suele
dar gritos la verdad en libros mudos,
y escribo por el arte que inventaron 45
los que el vulgar aplauso pretendieron
porque como las paga el vulgo, es justo
hablarle en necio para darle gusto.
   Ya tiene la comedia verdadera
su fin propuesto como todo género 50
de poema o poesis, y este ha sido
imitar las acciones de los hombres,
y pintar de aquel siglo las costumbres:
También cualquiera imitación poética
se hace de tres cosas, que son, plática, 55
verso dulce, armonía y la música,
que en esto fue común con la tragedia,
solo diferenciándola en que trata
las acciones humildes y plebeyas,
y la tragedia las reales y altas. 60
Mirad si hay en las nuestras pocas faltas.

Acto fueron llamadas, porque imitan
las vulgares acciones y negocios,
Lope de Rueda fue en España ejemplo
de estos preceptos y hoy se ven impresas 65
sus comedias de prosa tan vulgares
que introduce mecánicos oficios,
y el amor de una hija de un herrero,
de donde se ha quedado la costumbre
de llamar entremeses las comedias 70
antiguas, donde está en su fuerza el arte
siendo una acción, y entre plebeya gente,
porque entremés de rey jamás se ha visto,
y aquí se ve que el arte por bajeza
de estilo vino a estar en tal desprecio, 75
y el rey en la comedia para el necio.
Aristóteles pinta en su Poética
(puesto que escuramente su principio)
la contienda de Atenas, y Megara
sobre cuál de ellos fue inventor primero 80
los megarenses dicen que Epicarmo,
aunque Atenas quisiera que Magnetes,
Elio Donato dice que tuvieron
principio en los antiguos sacrificios;
da por autor de la tragedia Tespis, 85
siguiendo a Horacio que lo mismo afirma,
como de las comedias a Aristófanes,
Homero a imitación de la Comedia
la Odisea compuso, mas la Ilíada
de la tragedia fue famoso ejemplo, 90
a cuya imitación llamé epopeya
a mi Jerusalén y añadí trágica
y así a su Infierno, Purgatorio y Cielo

del célebre poeta Dante Aligero
llaman Comedia todos comúnmente   95
y el Maneto en su prólogo lo siente.
   Ya todos saben qué silencio tuvo
por sospechosa un tiempo la comedia,
y que de allí nació también la sátira
que siendo más cruel cesó más presto,   100
y dio licencia a la comedia nueva.
Los coros fueron los primeros luego
de las figuras se introdujo el número,
pero Menandro a quién siguió Terencio
por enfadosos despreció los coros.   105
Terencio fue más visto en los preceptos,
pues que jamás alzó el estilo cómico
a la grandeza trágica, que tantos
reprehendieron por vicioso en Plauto
porque en esto Terencio fue más cauto.   110
   Por argumento, la tragedia tiene
la historia y la comedia el fingimiento,
por esto fue llamada planipedia
del argumento humilde pues la hacía
sin coturno y teatro el recitante.   115
Hubo comedias paliatas, mimos,
togatas, atelanas, tabernarias,
que también eran como agora varias.
Con ática elegancia los de Atenas
reprehendían vicios y costumbres   120
con las comedias y a los dos autores
del verso, y de la acción daban sus premios.
Por eso Tulio las llamaba espejo
de las costumbres, y una viva imagen
de la verdad, altísimo atributo,   125

en que corre parejas con la historia;
mirad si es digna de corona y gloria.
  Pero ya me parece estáis diciendo,
que es traducir los libros y cansaros
pintaros esta máquina confusa. 130
Creed que ha sido fuerza que os trujese
a la memoria algunas cosas de éstas,
porque veáis que me pedís que escriba
arte de hacer comedias en España
donde cuánto se escribe es contra el arte; 135
y que decir como serán agora
contra el antiguo y qué en razón se funda
es pedir parecer a mi experiencia,
no al arte porque el arte verdad dice
que el ignorante vulgo contradice. 140
  Si pedís arte, yo os suplico, ingenios,
que leáis al doctísimo Utinense
Robortelo, y veréis sobre Aristóteles
ya parte en lo que escribe de comedia
cuánto por muchos libros hay difuso, 145
que todo lo de agora está confuso,
Si pedís parecer de las que agora
están en posesión, y que es forzoso
que el vulgo con sus leyes establezca
la vil quimera deste monstruo cómico, 150
diré [el] que tengo, y perdonad, pues debo
obedecer a quién mandarme puede,
que dorando el error del vulgo quiero
deciros de qué modo las querría,
ya que seguir el arte no hay remedio 155
en estos dos extremos dando un medio.
  Elíjase el sujeto y no se mire,

(perdonen los preceptos) si es de reyes
aunque por esto entiendo que el prudente
Felipe, rey de España y señor nuestro, 160
en viendo un rey, en ella[s] se enfadaba,
o fuese el ver que al arte contradice,
o que la autoridad real no debe
andar fingida entre la humilde plebe.
Esto es volver a la comedia antigua 165
donde vemos que Plauto puso dioses
como en su Anfitrión lo muestra Júpiter.
Sabe Dios que me pesa de aprobarlo,
porque Plutarco hablando de Menandro
no siente bien de la comedia antigua, 170
mas pues del arte vamos tan remotos
y en España le hacemos mil agravios;
cierren los doctos esta vez los labios.
Lo trágico y lo cómico mezclado,
y Terencio con Séneca, aunque sea 175
como otro Minotauro de Pasife
harán grave una parte, otra ridícula,
que aquesta variedad deleita mucho.
Buen ejemplo nos da naturaleza,
que por tal variedad tiene belleza. 180
   Adviértase que solo este sujeto
tenga una acción, mirando que la fábula
de ninguna manera sea episódica,
quiero decir inserta de otras cosas,
que del primero intento se desvíen, 185
ni que de ella se pueda quitar miembro
que del contexto no derriba el todo.
No hay que advertir que pase en el período
de un Sol, aunque es consejo de Aristóteles

porque ya le perdimos el respeto, 190
cuando mezclamos la sentencia trágica
a la humildad de la bajeza cómica.
Pase en el menos tiempo que ser pueda,
si no es cuando el poeta escriba historia
en que hayan de pasar algunos años, 195
que estos podrá poner en las distancias
de los dos actos, o si fuere fuerza
hacer algún camino una figura,
cosa que tanto ofende quien lo entiende,
pero no vaya a verlas quien se ofende. 200
¡O, cuántos de este tiempo se hace cruces
de ver que han de pasar años en cosa
que un día artificial tuvo de término!
Que aun no quisieron darle el Matemático;
porque, considerando que la cólera 205
de un español sentado no se templa
si no le representan en dos horas,
hasta el final jüicio desde el Génesis,
yo hallo que si allí se ha de dar gusto,
con lo que se consigue es lo más justo. 210
   El sujeto elegido escriba en prosa
y en tres actos de tiempo le reparta
procurando si puede en cada uno
no interrumpir el término del día.
El Capitán Virués, insigne ingenio,
puso en tres actos la comedia, que antes
andaba en cuatro, como pies de niño
que eran entonces niñas las comedias.
Y yo las escribí de once y doce años
de a cuatro actos y de a cuatro pliegos
porque cada acto un pliego contenía.

Y era que entonces en las tres distancias
se hacían tres pequeños entremeses,
y agora apenas uno, y luego un baile,
aunque el baile le es tanto en la comedia 225
que le aprueba Aristóteles, y tratan
Ateneo Platón, y Jenofonte
puesto que reprehende el deshonesto;
y por esto se enfada de Calípides,
con que parece imita el coro antiguo. 230
   Dividido en dos partes el asunto,
ponga la conexión desde el principio
hasta que va ya declinando el paso;
pero la solución no la permita
hasta que llegue a la postrera escena; 235
porque en sabiendo el vulgo el fin que tiene,
vuelve el rostro a la puerta y las espaldas
al que esperó tres horas cara a cara;
que no hay más que saber que en lo que para.
Quede muy pocas veces el teatro 240
sin persona que hable, porque el vulgo
en aquellas distancias se inquieta,
y gran rato la fábula se alarga;
que, fuera de ser esto un grande vicio,
aumenta mayor gracia y artificio. 245
   Comience pues y con lenguaje casto;
no gaste pensamientos ni conceptos
en las cosas domésticas, que solo
ha de imitar de dos o tres la plática;
mas cuando la persona que introduce 250
persuade, aconseja, o disuade,
allí ha de haber sentencias y conceptos,
porque se imita la verdad sin duda,

pues habla un hombre en diferente estilo
del que tiene vulgar cuando aconseja, 255
persuade o aparta alguna cosa.
Diónos ejemplo Arístides retórico,
porque quiere que el cómico lenguaje
sea puro, claro, fácil, y aún añade
que se tome del uso de la gente, 260
haciendo diferencia al que el político;
porque serán entonces las dicciones
espléndidas, sonoras y adornadas.
No trai[g]a la escritura, ni el lenguaje
ofenda con vocablos exquisitos, 265
porque si ha de imitar a los que hablan,
no ha de ser por pancayas, por metauros,
hipogrifos, semones y centauros.
Si hablare el rey, imite cuanto pueda
la gravedad real; si el viejo hablare 270
procure una modestia sentenciosa;
describa los amantes con afectos
que muevan con extremo a quien escucha;
los [soliloquios] pinte de manera
que se transforme todo el recitante, 275
y con mudarse a sí, mude al oyente.
Pregúntese y respóndase a sí mismo,
y si formare quejas, siempre guarde
el divino decoro a las mujeres.
Las damas no desdigan de su nombre. 280
Y si mudaren traje, sea de modo
que pueda perdonarse, porque suele
el disfraz varonil agradar mucho.
Guárdese de imposibles, porque es máxima
que solo ha de imitar lo verosímil. 285

El lacayo no trate cosas altas,
ni diga los conceptos que hemos visto
en algunas comedias extranjeras;
y, de ninguna suerte, la figura
se contradiga en lo que tiene dicho. 290
Quiero decir, se olvide, como en Sófocles
se reprehende no acordarse Édipo
del haber muerto por su mano a Layo.
Remátense las escenas con sentencia,
con donaire, con versos elegantes, 295
de suerte que al entrarse el que recita
no deje con disgusto el auditorio.
  En el acto primero ponga el caso,
en el segundo enlace los sucesos
de suerte que hasta el medio del tercero 300
apenas juzgue nadie en lo que para.
Engañe siempre el gusto, y donde vea
que se deja entender alguna cosa
de muy lejos de aquello que promete.
Acomode los versos con prudencia 305
a los sujetos de que va tratando.
Las décimas son buenas para quejas;
el soneto está bien en los que aguardan;
las relaciones piden los romances,
aunque en octavas lucen por extremo. 310
Son los tercetos para cosas graves,
y para las de amor, las redondillas.
  Las figuras retóricas importan
como repetición, o anadiplosis,
y en el principio de los mismos versos, 315
aquellas relaciones de la anáfora,
las ironías, y adubitaciones,

apóstrofes también y exclamaciones.
   El engañar con la verdad es cosa
que ha parecido bien, como [lo] usaba   320
en todas sus comedias Miguel Sánchez,
digno por la invención de esta memoria.
Siempre el hablar equívoco ha tenido
y aquella incertidumbre anfibológica
gran lugar en el vulgo, porque piensa   325
que él solo entiende lo que el otro dice.
   Los casos de la honra son mejores,
porque mueven con fuerza a toda gente,
con ellos las acciones virtüosas,
que la virtud es dondequiera amada;   330
pues que vemos, si acaso un recitante
hace un traidor, es tan odioso a todos
que lo que va a comprar no se lo vende,
y huye el vulgo de él cuando le encuentra.
Y si es leal, le prestan y convidan,   335
y hasta los principales le honran y aman,
le buscan, le regalan y le aclaman.
   Tenga cada acto cuatro pliegos solos,
que doce están medidos con el tiempo,
y la paciencia de él que está escuchando.   340
En la parte satírica no sea
claro ni descubierto, pues que sabe,
que por ley se vedaron las comedias
por esta causa en Grecia y en Italia.
Pique sin odio, que si acaso infama,   345
ni espere aplauso ni pretenda fama.
   Éstos podéis tener por aforismos,
los que del arte no tratáis antiguo
que no da más lugar agora el tiempo;

pues lo que les compete a los tres géneros 350
del aparato que Vitrubio dice,
toca al autor como Valerio Máximo
Pedro Crinito, Horacio en sus Epístolas,
y otros los pintan con sus lienzos y árboles,
cabañas, casas y fingidos mármoles. 355
   Los trajes nos dijera Julio Póllux,
si fuera necesario, que en España
es de las cosas bárbaras que tiene
la comedia presente recibidas,
sacar un turco un cuello de cristiano, 360
y calzas atacadas un romano.
   Mas ninguno de todos llamar puedo
más bárbaro que yo, pues contra el arte
me atrevo a dar preceptos, y me dejo
lle[v]ar de la vulgar corriente adonde 365
me llamen ignorante Italia, y Francia.
Pero, ¿qué puedo hacer si tengo escritas
con una que he acabado esta semana
cuatrocientas y ochenta y tres comedias?
Porque fuera de seis, las demás todas 370
pecaron contra el arte gravemente.
Sustento en fin lo que escribí, y conozco
que aunque fueran mejor de otra manera,
no tuvieran el gusto que han tenido
porque a veces lo que es contra lo justo 375
por la misma razón deleita el gusto.

Humana cur sit speculum comedia vitae
qua ve ferat juveni, commoda quae ve seni
quid praeter lepidosque sales, excultaque verba
et genus eloqui ipurius inde petas 380

*quae gravia in mediis ocurrant lusibus, et quam
jucundis passim seria mixta iocis,
quam sint fallaces servi, quam improba semper
fraudeque et omni genis foemina plena dolis
quam miser infelix stultus, et ineptus amator   385
quam vix succedant quae bene coepta putes.*

Oye atento, [y] del arte no disputes,
que en la comedia se hallará de modo
que oyéndola se pueda saber todo.

Fin

Libros a la carta

A la carta es un servicio especializado para
empresas,
librerías,
bibliotecas,
editoriales
y centros de enseñanza;
y permite confeccionar libros que, por su formato y concepción, sirven a los propósitos más específicos de estas instituciones.

Las empresas nos encargan ediciones personalizadas para marketing editorial o para regalos institucionales. Y los interesados solicitan, a título personal, ediciones antiguas, o no disponibles en el mercado; y las acompañan con notas y comentarios críticos.

Las ediciones tienen como apoyo un libro de estilo con todo tipo de referencias sobre los criterios de tratamiento tipográfico aplicados a nuestros libros que puede ser consultado en Linkgua-ediciones.com.

Linkgua edita por encargo diferentes versiones de una misma obra con distintos tratamientos ortotipográficos (actualizaciones de carácter divulgativo de un clásico, o versiones estrictamente fieles a la edición original de referencia).

Este servicio de ediciones a la carta le permitirá, si usted se dedica a la enseñanza, tener una forma de hacer pública su interpretación de un texto y, sobre una versión digitalizada «base», usted podrá introducir interpretaciones del texto fuente. Es un tópico que los profesores denuncien en clase los desmanes de una edición, o vayan comentando errores de interpretación de un texto y esta es una solución útil a esa necesidad del mundo académico.

Asimismo publicamos de manera sistemática, en un mismo catálogo, tesis doctorales y actas de congresos académicos, que son distribuidas a través de nuestra Web.

El servicio de «libros a la carta» funciona de dos formas.

1. Tenemos un fondo de libros digitalizados que usted puede personalizar en tiradas de al menos cinco ejemplares. Estas personalizaciones pueden ser de todo tipo: añadir notas de clase para uso de un grupo de estudiantes, introducir logos corporativos para uso con fines de marketing empresarial, etc. etc.

2. Buscamos libros descatalogados de otras editoriales y los reeditamos en tiradas cortas a petición de un cliente.

www.ingramcontent.com/pod-product-compliance
Lightning Source LLC
LaVergne TN
LVHW090605310725
817551LV00002B/283